LA
CHARTREUSE;
EPITRE
A M. D. D. N.
PAR L'AUTEUR
DE VER-VERT.

Du 17 Novembre 1734.

M. DCC. XXXV.

LA
CHARTREUSE.

EPITRE
A M. D. D. N.

POURQUOI de ma sage indolence
Interrompez-vous l'heureux cours?
Soit raison, soit indifférence,
Dans une douce négligence,
Et loin des Muses pour toujours
J'allois racheter en silence,
La perte de mes premiers jours :
Transfuge des routes ingrates
De l'infructueux Hélicon,
Dans les retraites des Socrates
J'allois jouir de ma raison,
Et m'arracher malgré moi-même
Aux délicieuses erreurs

A ij

De cet art brillant & fuprême,
Qui malgré fes attraits flateurs
Toujours peu fûr & peu tranquille,
Fait de fes plus chers amateurs
L'objet de la haine imbécille
Des Pédans, des Prudes, des fots,
Et la victime des Cagots :
Mais votre Epître enchantereffe
Trop prodigue d'un vain encens,
Des douces vapeurs du Permeffe
Vient encore enyvrer mes fens ;
En vain donc j'abjurois la rime,
L'haleine legere des vents
Emportoit mes foibles fermens,
Aminte, votre goût ranime
Mes accords & ma liberté :
Entre Uranie & Therpficore
Je reviens m'amufer encore
Au Pinde que j'avois quitté.
Tel par fa pente naturelle,
Par une erreur toujours nouvelle,
Quoiqu'il femble changer fon cours,
Autour de la flâme infidelle
Le papillon revient toujours.

Vous voulez qu'en rimes legeres
Je vous offre des traits sinceres
Du gîte où je suis transplanté,
Mais comment faire, en vérité,
Entouré d'objets déplorables
Pourrai-je de couleurs aimables
Egayer le sombre tableau
De mon domicile nouveau ?
Y répandrai-je cette aisance,
Ces sentimens, ces traits diserts,
Et cette molle négligence
Qui mieux que l'exacte cadence
Embellit les aimables Vers ?
Je ne suis plus dans ces bocages
Où plein de riantes images
J'aimai souvent à m'égarer,
Je n'ai plus ces fleurs, ces ombrages,
Ni vous-même pour m'inspirer.

Quand arraché de vos rivages
Par un destin trop rigoureux
J'entrai dans ces manoirs sauvages,
Dieux ! quel contraste douloureux !
Au premier aspect de ces lieux
Pénetré d'une horreur secrete,

A iij

Mon cœur subitement flétri,
Dans une surprise muette
Resta long-tems enseveli ;
Quoiqu'il en soit, je vis encore,
Et malgré vingt sujets divers
De regrets & de tristes airs,
Ne craignez point que je déplore
Des infortunes en ces Vers :
De l'assoupissante Elegie
Je méprise trop les fadeurs,
Phœbus me plonge en léthargie
Dès qu'il fredonne des langueurs ;
Je cesse d'estimer Ovide
Quand il vient sur de foibles tons
Me chanter, pleureur insipide,
De longues lamentations ;
Un esprit mâle & vraiment sage,
Dans le plus invincible ennui
Dédaignant le triste avantage
De se faire plaindre d'autrui,
Dans une égalité hardie
Foule aux pieds la terre & le sort,
Et joint au mépris de la vie
Un égal mépris de la mort ;

Mais ſans cet apreté ſtoïque
Vainqueur du chagrin léthargique,
Par un heureux tour de penſer,
Je ſçai me faire un jeu comique
Des peines que je vais tracer :
Ainſi l'aimable Poëſie
Qui dans le reſte de la vie
Porte aſſez peu d'utilité,
De l'objet le moins agréable
Vient adoucir l'auſtérité,
Et nous ſauve au moins par la Fable
Des ennuis de la vérité.
C'eſt par cette vertu magique
Du Teleſcope poëtique,
Que je retrouve encor les ris
Dans la lucarne infortunée
Où la bizarre deſtinée
Vient de m'enterrer à Paris.
 Sur cette montagne empeſtée,
Où la foule toujours crotée
Des Preſtolets provinciaux
Trotte ſans cauſe & ſans repos,
Vers ces demeures odieuſes
Où regnent les longs argumens

Et les harangues ennuyeufes,
Loin du féjour des agrémens :
Enfin pour fixer votre vûe
Dans cette pedantefque rue,
Où trente faquins d'Imprimeurs
Avec un air de conféquence,
Donnent froidement audience
A cent fameliques Auteurs,
Il eft un édifice immenfe
Où dans un loifir ftudieux
Les doctes Arts forment l'enfance
Des fils des héros & des Dieux :
Là du toit d'un cinquiéme étage
Dominant avec avantage,
Tout le climat Grammairien
S'éleve un antre aërien,
Un Aftrologique hermitage,
Qui paroît mieux dans le lointain,
Le nid de quelque oifeau fauvage,
Que la retraite d'un humain.
C'eft pourtant de cette guérite,
C'eft de ce celefte tombeau
Que votre ami, nouveau Stylite,
A la lueur d'un noir flambeau,

Panché fur un lit fans rideau,
Dans un deshabillé d'hermite,
Vous griffonne aujourd'hui fans fard,
Et peut être fans trop de fuite,
Ces Vers enfilés au hazard;
Et, tandis que pour vous je veille
Long-tems avant l'aube vermeille,
Empaqueté comme un Lapon,
Cinquante rats à mon oreille
Ronflent encore en faux-bourdon.
Si ma chambre eft ronde ou quarrée,
C'eft ce que je ne dirai pas,
Tout ce que j'en fçai, fans compas,
C'eft que depuis l'oblique entrée
On peut former jufqu'à fix pas;
Dans cette cage refferrée
Une lucarne mal vitrée,
Près d'une goutiere, livrée
A d'interminables fabats,
Où l'Univerfité des chats
A minuit, en robe fourée
Vient tenir fes bruyans états:
Une table mi-démembrée,
Près du plus humble des grabats;

Six brins de paille délabrée
Treffés fur deux vieux échalats ;
Voilà les meubles délicats
Dont ma Chartreufe eft décorée ;
Et que les freres de Borée
Bouleverfent avec fracas,
Lorfque fur ma niche éthérée
Ils préludent aux fiers combats
Qu'ils vont livrer fur vos climats ;
Ou quand leur troupe conjurée
Y vient préparer ces frimats
Qui verfent fur chaque contrée
Les cathares & le trépas.
Je n'outre rien ; telle eft en fomme
La demeure où je vis en paix
Concitoyen du peuple Gnôme,
Des Sylphides & des follets ,
Telles on nous peint les tannieres
Où giffent, ainfi qu'au tombeau ,
Les Pythoniffes , les Sorcieres
Dans le donjon d'un vieux château ;
Ou tel eft le fublime fiége
D'où flanqué des trente-deux Vents ,
L'Auteur de l'Almanach de Liége

Lorgne l'hiſtoire du beau tems ,
Et fabrique avec privilège
Ses aſtronomiques Romans.
   Sur ce portrait abominable
On penſeroit qu'en lieu pareil
Il n'eſt point d'inſtant délectable
Que dans les heures du ſommeil.
Pour moi , qui d'un poids équitable
Ai peſé des foibles mortels
Et les biens & les maux réels ;
Qui ſçai qu'un bonheur véritable
Ne dépendit jamais des lieux ;
Que le palais le plus pompeux
Souvent renferme un miſérable,
Et qu'un déſert peut être aimable
Pour quiconque ſçait être heureux ;
De ce Caucaſe inhabitable
Je me fais l'Olympe des Dieux :
Là dans la liberté ſuprême ,
Semant de fleurs tous mes inſtans,
Dans l'empire de l'hyver même
Je trouve les jours du printemps.
Calme heureux , loiſir ſolitaire !
Quand on rencontre ta douceur,
Quel antre n'a pas de quoi plaire ?

Quelle caverne eſt étrangere
Lorſqu'on y trouve le bonheur ?
Lorſqu'on y vit ſans ſpectateur
Dans le ſilence litteraire,
Loin de tout importun jaſeur,
Loin des froids diſcours du vulgaire
Et des hauts tons de la grandeur ;
Loin de ces troupes doucereuſes
Où d'inſipides précieuſes
Et de petits fats ignorans
Viennent, conduits par la folie
S'ennuyer en cérémonie
Et s'endormir en complimens ;
Loin de ces plattes cotteries
Où l'on voit ſouvent réunies
L'Ignorance en petit manteau,
La Bigoterie en lunettes,
La Minauderie en cornettes,
Et la Réforme en grand chapeau ;
Loin de ce médiſant infâme
Qui de l'impoſture & du blâme
Eſt l'impur & bruyant écho ;
Loin de ces ſots attrabilaires
Qui, couſus de petits myſteres ,

Ne

Ne vous parlent qu'incognito ;
Loin de ces ignobles Zoïles
De ces enfileurs de dactyles
Coeffés de phrases imbéciles
Et de classiques préjugez,
Et qui de l'envelope épaisse
Des Pedans de Rome & de Grece
N'étant point encor dégagés,
Portent leur petite sentence
Sur la rime & sur les Auteurs,
Avec autant de connoissance,
Qu'un aveugle en a des couleurs ;
Loin de ces voix acariâtres
Qui dogmatisant sur des riens,
Apportent dans les entretiens
Le bruit des bancs opiniâtres
Et la profonde déraison
De ces disputes soldatesques
Où l'on s'insulte à l'unisson ,
Pour des miséres pédantesques
Qui sont bien moins la vérité
Que les rêves creux & burlesques
De la crédule antiquité ;
Loin de la gravité chinoise ,

B

De ce vieux Druide empesé·
Qui sous un air symetrisé
Parle à trois tems, rit à la toise,
Regarde d'un œil aprêté
Et m'ennuye avec dignité ;
Loin de tous ces faux Cenobites
Qui, voués encor tout entiers
Aux vanitez qu'ils ont proscrites
Errans de quartiers en quartiers,
Vont dans d'équivoques visites
Porter leurs faces parasites
Et le dégoût de leurs Moûtiers ;
Loin de ces faussets du Parnasse,
Qui, pour avoir glapi par fois
Quelque épithalame à la glace
Dans un petit monde bourgeois,
Ne causent plus qu'en folles rimes,
Ne vous parlent que d'Apollon,
De Pegase & de Cupidon,
Et telles fadeurs synonimes,
Ignorans que ce vieux jargon
Relégué dans l'ombre des classes
N'est plus aujourd'hui de saison
Chez la brillante fiction,

Que les tendres lyres des Graces
Se montent fur un autre ton,
Et qu'enfin de la foule obfcure
Qui rampe au marais d'Helicon,
Pour fauver fes vers en fon nom,
Il faut être fans impofture
L'interpréte de la Nature
Et le peintre de la Raifon.
Loin enfin, loin de la préfence
De ces timides difcoureurs,
Qui, non guéris de l'ignorance
Dont on a paîtri leur enfance,
Reftent noyés dans mille erreurs,
Et damnent toute ame fenfée,
Qui loin de la route tracée
Cherchant la perfuafion,
Ofe fouftraire fa penfée
A l'aveugle prévention.
A ces traits je pourrois, Aminte,
Ajouter encor d'autres mœurs,
Mais fur cette légere empreinte
D'un peuple d'ennuyeux caufeurs
Dont j'ai nuancé les couleurs,
Jugez fi toute folitude

Qui nous fauve de leurs vains bruits
N'eft point l'azîle & le pourpris
De l'entiere béatitude :
Que dis-je ? Eft-on feul , après tout ,
Lorfque touché des plaifirs fages
On s'entretient dans les ouvrages
Des Dieux , de la lyre & du goût ?
Par une illufion charmante
Que produit la verve brillante
De ces Chantres ingénieux ,
Eux-mêmes s'offrent à mes yeux ,
Non , fous ces vêtemens funébres ,
Non , fous ces dehors odieux
Qu'apportent du fein des ténébres
Les Phantômes des malheureux ,
Quand , vangeurs des crimes célébres,
Ils montent aux terreftres lieux ;
Mais fous cette parure aifée ,
Sous ces lauriers vainqueurs du fort
Que les citoyens d'Elizée
Sauvent du fouffle de la mort.

 Tantôt de l'azur d'un nuage
Plus brillant que les plus beaux jours ,
Je vois fortir l'ombre volage

D'Anacréon ce tendre fage,
Le Neftor du galant rivage,
Le Patriarche des Amours,
Epris de fon doux badinage,
Horace accourt à fes accens,
Horace, l'ami du bon fens,
Philofophe fans verbiage,
Et Poëte fans fade encens.
Autour de ces ombres aimables
Couronnés de rofes durables,
Chapelle, Chaulieu, Pavillon,
Et la naïve Deshoulieres
Viennent unir leurs voix légeres
Et font badiner la raifon,
Tandis que le Taffe & Milton
Pour eux des trompettes guerrieres
Adouciffent le double fon.
Tantôt à ce folâtre groupe
Je vois fucceder une troupe
De morts un peu plus férieux,
Mais non moins charmans à mes yeux;
Je vois Saint Réal & Montagne
Entre Seneque & Lucien;
Saint Evremont les accompagne,

Sur la recherche du vrai bien
Je les vois porter la lumiere,
La Rochefoucault, la Bruyere
Viennent embellir l'entretien ;
Bornant aux doux fruits de leurs plumes
Ma bibliotheque & mes vœux,
Je laiſſe aux ſçavatas poudreux
Ce vaſte cahos de volumes
Dont l'erreur & les ſots divers
Ont infatué l'univers ;
Et qui ſous le nom de ſcience
Semés & reproduits par tout
Immortaliſent l'ignorance,
Les menſonges & le faux goût.

   C'eſt ainſi que par la préſence
De ces morts vainqueurs des deſtins
On ſe conſole de l'abſence,
De l'oubli même des humains :
A l'abri de leurs noirs orages
Sur la cime de mon rocher
Je vois à mes pieds les naufrages
Qu'ils vont imprudemment chercher :
Pourquoi dans leur foule importune
Voudriez-vous me rétablir ?
Leur eſtime ni leur fortune

Ne me coûtent point un défir :
Pourrois-je, en proye aux foins vulgaires,
Dans la commune illufion,
Offufquer mes propres lumieres
Du bandeau de l'opinion ?
Irois-je, adulateur fordide,
Encenfer un fot dans l'éclat,
Amufer un Crœfus ftupide,
Et Monfeigneurifer un fat ?
Sur ces efpérances frivoles
Adorer avec lâcheté
Ces chimeriques fariboles
De grandeur & de dignité ?
Et vil client de la fierté,
A de méprifables idoles
Proftituer la vérité ?
Irois-je par d'indignes brigues
M'ouvrir des Palais faftueux,
Languir dans de folles fatigues,
Ramper à replis tortueux
Dans de puériles intrigues
Sans ofer être vertueux ?
De la fublime Pöëfie
Profanant l'aimable harmonie,

Irois-je par de vains accens
Chatouiller l'oreille engourdie
De cent ignares importans,
Dont l'ame maffive , affoupie
Dans des organes impuiffans ,
Ou livrée aux fougues des fens,
Ignore les dons du génie
Et les plaifirs de fentimens ?
Irois-je pâlir fur la rime,
Dans un fiecle infenfible aux Arts,
Et de ce rien qu'on nomme eftime
Affronter les nombreux hazards?
Et d'ailleurs quand la Poëfie
Sortant de la nuit du tombeau ,
Reprendroit le fceptre & la vie
Sous quelque Richelieu nouveau,
Pourrois-je au char de l'immortelle
M'enchaîner encor pour long-tems ?
Quand j'aurai paffé mon printems
Pourrois-je vivre encor pour elle ?
Car , enfin , au lyrique effort
Fait pour nos bouillantes années,
Dans de plus folides journées
Voudrois-je me livrer encor?

Perfuadé que l'harmonie
Ne verfe fes heureux préfens
Que fur le matin de la vie,
Et que fans un peu de folie
On ne rime plus à trente ans,
Suivrois-je un jour à pas pefans,
Ces vieilles Mufes douairieres,
Ces meres feptuagenaires
Du Madrigal & des Sonnets,
Qui n'ayant été que Poëtes
Rimaillent encore en lunettes
Et meurent au bruit des fifflets ?
Egaré dans le noir Dédale,
Où le phantôme de Thémis
Couché fur la pourpre & les lys
Panche la balance inégale,
Et tire d'une urne vénale
Des Arrêts diétés par Cypris,
Irois-je, Orateur mercenaire,
Du faux & de la vérité,
Chargé d'une haine étrangere,
Vendre aux querelles du vulgaire,
Ma voix & ma tranquillité;
Et dans l'antre de la chicane

Aux loix d'un Tribunal profane,
Pliant la loi de l'immortel
Par une éloquence Anglicane
Sapper & le Thrône & l'Autel ?
Aux fentimens de la nature
Aux plaifirs de la vérité
Préférant le goût frelaté
Des plaifirs qu'a fait l'impofture
Ou qu'inventa la vanité
Voudrois-je partager ma vie,
Entre les jeux de la folie
Et l'ennui de l'oifiveté,
Et trouver la mélancolie
Dans le fein de la volupté ?
Non, non, avant que je m'enchaîne
Dans aucun de ces vils partis,
Ces rivages verront la Seine
Revenir aux lieux d'où j'écris.

Des Mortels j'ai vû les chimeres,
Sur leurs fortunes menfongeres
J'ai vû regner la folle erreur,
J'ai vû mille peines cruelles
Sous un vain mafque de bonheur,
Mille petiteffes réelles

Sous une écorce de grandeur,
Mille lâchetez infidelles
Sous un coloris de candeur,
Et j'ai dit au fond de mon cœur :
Heureux, qui dans la paix fecrette
D'une libre & belle retraite
Vit ignoré, content de peu,
Et qui ne fe voit point fans cefse,
Jouet de l'aveugle Déefse
Ou dupe de l'aveugle Dieu.

A la fombre Mifantropie
Je ne dois point ces fentimens,
D'une fauffe Philofophie
Je hais les vains raifonnemens,
Et jamais la bigoterie
Ne décida mes jugemens,
Une indifference fuprême,
Voilà mon principe & ma loi,
Tout lieu, tout deftin, tout fyftême
Par là devient égal pour moi ;
Où je vois naître la journée,
Là, content j'en attends la fin,
Prêt à partir le lendemain,
Si l'ordre de la deftinée

Vient m'ouvrir un nouveau chemin.

Pour oppofer un goût rebelle

A ce Domaine fouverain,

Je me fuis fait du fort humain

Une peinture trop fidelle,

Souvent dans les champêtres lieux

Ce portrait frappera vos yeux :

En promenant vos rêveries

Dans le filence des prairies,

Vous voyez un foible rameau

Qui, par les jeux du vague Eole

Enlevé de quelque arbriffeau

Quitte fa tige, tombe, & vole

Sur la furface d'un ruiffeau :

Là, par une invincible pente

Forcé d'errer & de changer,

Il flotte au gré de l'onde errante,

Et, d'un mouvement étranger

Souvent il paroît, il furnâge,

Souvent il eft au fond des eaux ;

Il rencontre fur fon paffage

Tantôt un fertile rivage

Bordé de côteaux fortunés,

Tantôt une rive fauvage

Et

Et des deſerts abandonnés;
Parmi ces erreurs continues
Il fuit, il vogue juſqu'au jour
Qui l'enſevelit à ſon tour
Au ſein de ces mers inconnues
Où tout s'abîme ſans retour.

Mais, qu'ai-je fait ? Pardon, Aminte,
Si je viens de moraliſer;
Dans une lettre ſans contrainte
Je ne prétendois que cauſer.
Où ſont, hélas! ces douces heures
Où dans de plus cheres demeures
Partageant vos diſcours charmans
Je partageois vos ſentimens ?
Dans ces ſolitudes riantes
Quand me verrai-je de retour ?
Courez, volez, heures trop lentes
Qui retardez cet heureux jour:
Oui, dès que les deſirs aimables
Joints aux ſouvenirs délectables
M'emportent vers ce doux ſéjour,
Paris n'a plus rien qui me pique:
Dans ce Jardin ſi magnifique
Embelli par les yeux des Rois,

Je regrette ce Bois ruſtique.
Ou l'Echo répétoit nos voix.
Sur ces rives tumultueuſes
Où les paſſions faſtueuſes
Font regner le luxe & le bruit,
Juſques dans l'ombre de la nuit,
Je regrette ce tendre azyle
Où, ſous des feuillages ſecrets
Le ſommeil repoſe tranquille
Dans les bras de l'aimable paix.
A l'aſpect de ces eaux captives
Qu'en mille formes fugitives
L'art ſçait enchaîner dans les airs,
Je regrette cette onde pure
Qui, libre dans nos antres verds
Suit la pente de la nature,
Et ne connoît point d'autres fers.
En admirant la mélodie
De ces voix, de ces ſons parfaits,
Où le goût brillant d'Auſonie
Se mêle aux agrémens françois,
Je regrette les chanſonnettes
Et le ſon des ſimples muſettes
Dont retentiſſent les côteaux,

Quand vos Bergeres fortunées
Sur le foir des belles journées
Ramenent gayement leurs troupeaux.
Dans ces Palais où la molleffe
Sur une toile enchantereffe
Offre les faftes de fa Cour,
Je regrette ces jeunes hêtres
Où ma mufe plus d'une fois
Grava les louanges champêtres
Des Divinitez de vos Bois.
Parmi la foule trop habile
Des beaux difcours du nouveau ftyle,
Qui, par de bizarres détours
Quittant le ton de la nature,
Répandent fur tous leurs difcours
L'académique enluminure
Et le vernis des nouveaux tours,
Je regrette la bonhommie
L'air loyal, l'efprit non pointu
Et le patois tout ingénu.
Du Curé de la Seigneurie
Qui n'ufant point fa belle vie.
Sur des écrits laborieux,
Parle comme nos bons ayeux.

Et donneroit, je le parie,
L'Hiſtoire, les Héros, les Dieux
Et toute la Mithologie
Pour un cartaut de Condrieux.
    Ainſi de mes plaiſirs d'Automne
Je me remets l'enchantement,
Et de la tardive Pomone,
Rappellant le régne charmant,
Je me redis inceſſamment:
Dans ces ſolitudes riantes
Quand me verrai-je de retour?
Courez, volez, heures trop lentes.
Qui retardez cet heureux jour;
Claire fontaine, aimable Iſore,
Rive, où les Graces font éclorre
Des fleurs & des jeux éternels,
Près de ta ſource, avant l'aurore
Quand reviendrai-je boire encore
L'oubli des ſoins & des mortels?
Dans cette gracieuſe attente
Aminte, l'amitié conſtante
Entretenant mon ſouvenir,
Elle endort ma peine préſente
Dans les ſonges de l'avenir.

Lorſque le Dieu de la lumiere,
Echappé des feux du Lion
Des Dieux que couronne le lierre,
Ouvrira l'aimable ſaiſon,
J'en jure le pélerinage :
Envolé de mon hermitage
Je vous apparoîtrai ſoudain
Dans ce Parc d'éternel ombrage,
Ou ſouvent vous rêvez en Sage
Les lettres d'Usbeck à la main ;
Ou bien dans ce vallon fertile,
Ou cherchant un ſecret azyle
Et trouvant des perils nouveaux,
La Perdrix en vain fugitive
Rappelle ſa troupe craintive
Que nous cherchons ſur les côteaux.
Vous me verrez toujours le même
Mortel ſans ſoin, ami ſans fard,
Penſant par goût, vivant ſans art,
Et vivant dans un calme extrême
Au gré du tems & du hazard :
Là, dans de charmantes parties
D'humeurs liantes, aſſorties,
Portant des eſprits déchargés

De soucis & de préjugez,
Et retranchant de notre vie
Les façons, la céremonie,
Et tout populaire fardeau,
Loin de l'humaine Comédie,
Et comme en un monde nouveau,
Dans une charmante pratique
Nous réaliserons enfin
Cette petite République
Si long-tems projettée en vain.
Une Divinité commode,
L'Amitié, sans bruit, sans éclat,
Fondera ce nouvel Etat,
La Franchise en fera le Code,
Les Jeux en seront le Senat,
Et sur un Tribunal de roses,
Siége de notre Consulat,
L'Enjouement jugera les causes.
On exclura de ce climat
Tout ce qui porte l'air d'étude,
La Raison, quittant son ton rude,
Prendra le ton du Sentiment,
La Vertu n'y sera point prude,
L'Esprit n'y sera point pédant,

Le Sçavoir n'y fera mettable
Que fous les traits de l'Agrément ;
Pourvû que l'on fçache être aimable
On y fçaura fuffifamment ;
On y profcrira l'étalage
Des Phrafiers, des Rhéteurs bouffis,
Rien n'y prendra le nom d'ouvrage,
Mais fous le nom de badinage
Il fera quelquefois permis
De rimer quelques chanfonnettes
De poëtique coloris,
En répandant avec fineffe
Une nuance de fageffe
Jufques fur Bacchus & les Ris.
Par un Arrêt en vaudevilles
On bannira les faux plaifans,
Les Cagots fades & rampants,
Les Complimenteurs imbecilles
Et le peuple des froids Sçavans.
Enfin, cet heureux coin du monde
N'aura pour but dans fes Statuts
Que de nous fouftraire aux abus
Dont ce bon Univers abonde ;
Toujours fur ces lieux enchanteurs

Le Soleil levé fans nuages
Fournira fon cours fans orages,
Et fe couchera dans les fleurs.
Pour prévenir la décadence
Du nouvel établiffement, —
Nul indifcret, nul inconftant
N'entrera dans la confidence,
Ce canton veut être inconnu,
Ses charmes, fa béatitude
Pour baze ayant la folitude,
S'il devient peuple, il eft perdu.
Les Etats de la République
Chaque Automne s'affembleront,
Et là, notre regret unique,
Nos uniques peines feront
De ne pouvoir toute l'année
Suivre cette loi fortunée
De Philofophiques loifirs,
Jufqu'à ce moment où la Parque
Emporte dans la même barque
Nos jeux, nos cœurs, & nos plaifirs.

F I N.

www.ingramcontent.com/pod-product-compliance
Lightning Source LLC
Chambersburg PA
CBHW060844180626
46818CB00004B/1577